O mundo é assim, TAUBATÉ

Orígenes Lessa

O mundo é assim, TAUBATÉ

Ilustrações **Orlando Pedroso**

São Paulo
2022

13ª Edição, Global Editora, São Paulo 2022

Jefferson L. Alves – diretor editorial
Flávio Samuel – gerente de produção
André Seffrin – coordenação editorial
Eliezer Moreira – estabelecimento do texto, glossário e nota biográfica
Juliana Campoi – coordenadora editorial
Maria Letícia L. Sousa – revisão
Orlando Pedroso – ilustrações e capa
Fabio Augusto Ramos – diagramação

A Global Editora agradece à Solombra – Agência Literária pela gentil cessão dos direitos de imagem de Orígenes Lessa.

Dados Internacionais de Catalogação na Publicação (CIP)
(Câmara Brasileira do Livro, SP, Brasil)

Lessa, Orígenes
O mundo é assim, Taubaté / Orígenes Lessa; ilustração Orlando Pedroso. – 13. ed. – São Paulo : Global Editora, 2022.

ISBN 978-65-5612-227-4

1. Literatura infantojuvenil I. Pedroso, Orlando. II. Título

22-102552 CDD-028.5

Índices para catálogo sistemático:
1. Literatura infantil 028.5
2. Literatura infantojuvenil 028.5

Aline Graziele Benitez - Bibliotecária - CRB-1/3129

Obra atualizada conforme o
NOVO ACORDO ORTOGRÁFICO DA LÍNGUA PORTUGUESA

Global Editora e Distribuidora Ltda.
Rua Pirapitingui, 111 — Liberdade
CEP 01508-020 — São Paulo — SP
Tel.: (11) 3277-7999
e-mail: global@globaleditora.com.br

globaleditora.com.br
@globaleditora
/globaleditora
@globaleditora
/globaleditora
/globaleditora
blog.grupoeditorialglobal.com.br

Nº de Catálogo: **3868**

À
Maria Eduarda
O. L.

Sumário

1 Antes do papo

Será que vocês me conhecem? Espero que sim. Eu sou muito legal. Sou Taubaté I, ex-rei da nação macaca, numa das mais belas florestas do mundo.

Por muitas experiências passei, principalmente depois que traidores me roubaram à floresta onde era rei e onde convivia feliz com índios maravilhosos, gente que até merecia, pela sua pureza, pertencer à nossa raça.

Mais tarde, porém, conheci índios diferentes: índios vestidos. Deu um certo azar. Fui sequestrado. Estive prisioneiro. Amei uma jovem macaca de nome Altamira, cuja presença atenuava minhas amarguras. Amei-a e fui amado. Ela me amava com delírio e se sacrificou pelo seu rei. Mas não vou falar de tristezas e desventuras.

Vou falar apenas das minhas primeiras aventuras entre os índios vestidos, tá?

2 Começo de papo

Há muitos anos (ano é uma unidade de medir o tempo, coisa que não interessa aos meus irmãos da floresta), há muitos anos que venho transando entre os índios vestidos.

Nesta altura da vida já posso dizer que tenho visto muito mundo e, nesse mundo, muito cara imundo.

Um deles, Raimundo.

(Rimou e é verdade...)

Não é contra ele, porém, minha queixa inicial.

Não foi Raimundo (um cara magrinho, de nariz arrebitado) que me prendeu na floresta, onde sofri dois sequestros que ficaram famosos.

Culpado desses crimes foi um cidadão de nome Bastião, olhar de gavião e focinho de cão (está rimando e é verdade também).

Já falei nesse cara aos meus fãs, se a memória não me falha.

Mas Bastião, meu primeiro sequestrador (sofri várias tentativas depois), era, apesar de tudo, um cara quase legal.

Pobre, ganhando muito pouco, trabalhando dia e noite (de dia na enxada, de noite no abecê, que ele não queria continuar analfabeto), Bastião tirava de seu pouco e muitas vezes do seu prato pra me alimentar.

Ele me havia roubado a liberdade (eu sei e não perdoo), mas me dava, em troca da minha, sua própria liberdade.

Sempre me agradando ou tentando me agradar.

Sempre me limpando a gaiola (gaiola ou jaula, sei lá!).

Era uma espécie de escravo.

(Há muito aprendi que o homem é quase sempre escravo das coisas que tem e principalmente daquelas que deseja ter...)

E era louco por um papo, embora o papo fosse desigual: eu entendia a parte dele, a parte minha ele não pescava, de jeito nenhum.

É que o infeliz pertencia ao reino humano, e não entender os animais, que eles chamam de irracionais, é próprio do homem, como dizia uma galinha de minhas relações, figura de muito cartaz, no quintal de Bastião, lá em Altamira, no Amazonas (que saudade!).

Sonho dela era ter filho.

Filho de galinha sai do ovo, é pinto, que é começo de galinha ou de galo.

Minha nobre amiga se excitava toda, botava seu ovo no chão, botava seu canto no mundo:

Cacaracá!
Que alegria que eu sinto!
Cacaracá!
Eu vou ter pinto!
Eu vou ter pinto!

É claro que tudo isso era dito e cantado na linguagem lá dela...

Mas Bastião, que não passava de um simples ser humano com os defeitos mais comuns aos seres humanos, especialmente a incapacidade de compreender os outros seres (por isso brigam tanto), ouvia aquilo e vinha correndo no rasto do canto (era quase sempre na hora do almoço), recolhia afobado o produto, quebrava-lhe a casca e botava o branco e o amarelo do ovo na frigideira ou na panela.

Notando aquilo, comentei certa vez com a vizinha:

– Parece que o Bastião não entendeu bem teu cacarejo...

– Claro que não! Gente é bicho burro... Mas culpada fui eu... Eles entendem sempre no interesse deles. Eu canto: "que alegria eu sinto!", eles entendem: "te alegra, meu povo!" Eu grito que vou ter um pinto, eles entendem: "devora o meu ovo!" E comem na hora, na maior esganação...

– Então não cante mais na hora do alívio – aconselhei eu à minha boa amiga.

– Taí uma boa ideia! – afirmou ela.

No dia seguinte, porém, ouvi de novo o cacarejo festivo da madama, vi novamente a corrida faminta do patrão (lá dela...).

Olhei-a, muito espantado.

Ela baixou a cabeça, ar de quem cata minhoca no chão, num sincero vexame.

Tinha esquecido o conselho...

– Burrice pega – foi tudo o que ela disse, tentando se justificar.

E acrescentou, muito gentil, temerosa de um mal-entendido que possivelmente me ofenderia:

– Falo de burrice de homem, é claro...

É evidente que eu não iria entender outra coisa.

Mas em matéria de inteligência (não é que eu seja racista), galináceo não tem vez.

3 Retomando o fio

– Mas o Raimundo...

Vocês iam perguntar, não iam?

As rimas vinham fáceis ao encontro dele...

Imundo...

Vagabundo...

Especialmente vagabundo.

Profissão dele era não trabalhar.

Enquanto Bastião (tenho queixa dele, como macaco amarrado em liberdade, mas faço justiça), enquanto o pobre rapaz dava um duro brabo na floresta, enxada no chão, machado nas árvores, Raimundo zanzava.

Flanava de dia, flanava de noite.

Enquanto Bastião, sempre que possível, me trazia um agradinho (medo de que eu fugisse, é bem verdade...), Raimundo vinha e me olhava sem um riso amigo, sem um simples "como-vai"...

Não falava, mas eu entendia aquele olhar...

Tinha notado que Raimundo só me visitava quando Bastião andava longe, trabucando na enxada.

Se Raimundo estava no quintal (sem ninguém ter chamado!) e percebia (era vivo!) que Bastião vinha chegando, ele saía de fininho, passo leve, não querendo ser visto.

A dondoca dos ovos via aquilo e não desconfiava (galináceo nunca foi gênio, eu já falei).

Para a infeliz tudo parecia muito natural.

Havia lá um galo bestalhão que se pelava de medo de cobra.

Também não percebia coisa nenhuma.

Peru, não é preciso dizer, todo mundo sabe que é burro.

Havia vários frangos.

"Gos" ou "gas"... não sei.

Naquele tempo eu não tinha muita prática da vida, não sabia dizer se este jovem ia ser mulher ou ser homem.

Mas todos, "gos" ou "gas", tinham cérebro de galinha, não desconfiavam de nada.

Somente uma lagartixa tinha farejado a maldade do homem.

Quando o careta, jeitinho manhoso, aparecia, a lagartixa bancava o jacarezinho covarde: se mandava!

Não é que ela tivesse a pretensão de achar que ele a queria roubar.

Ela devia saber que lagartixa não é ovo, não se come.

Muito menos se vende...

Mas a danada tinha alergia pelo mundo (ah! rima boa!).

Com certeza não sabia o que era alergia, mas tinha.

E dava no pé!

Mas a inconsciência era geral.

Nem os irracionais nem os outros homens desconfiavam do pilantra.

A vida continuava (eu sempre com o pensamento na fuga, é evidente, mas de olho vivo no bandido), até que um dia o que era desconfiança foi plenamente confirmado.

Eu vi, com os meus olhos, quando o Raimundo, num bote rápido, tentou agarrar o peru.

Por sorte, bateu uma luz no cerebrículo do bicho e ele teve tempo de aplicar um catiripapo no vaga (já se sabe que é bundo), pondo o cabra pra correr.

Mas o vaga devia estar na precisão.

Entrou na cozinha, apanhou uma espiga de milho, debulhou-a correndo, jogou milho no chão, a burrada veio.

Ouviram-se passos, de repente, soou aquela voz inconfundível.

Raimundo levou um susto, agarrou o primeiro frango (era "go"? era "ga"? a História não guardou...) e zarpou com o bichinho que inutilmente pedia socorro.

Segundos depois Bastião aparecia.

Estranhou que as aves estivessem comendo um milho que ele não havia jogado, mas olhou para todos os lados e não viu ninguém em matéria de gente.

Vocês pensam que a boa senhora, os outros "gos" e "gas", o peru, a própria lagartixa, tão viva, denunciaram Raimundo?

Na minha opinião eles haviam até esquecido a recente presença do larápio, a jogação de milho, o sequestro do colega ou da colega...

Nenhum se manifestou!

Quem deu o berro fui eu:

– Bastião, Bastião, Raimundo é ladrão...

(Nos momentos de grande emoção quase tudo o que eu digo sai rimado...)

– O ladrão esteve aqui! Aquele vagabundo te roubou!

E caindo na rima, outra vez:

– Corre atrás daquele cachorro!

Eu pensei que ia rimar, mas não saiu.

Não tem importância.

O triste é que, na afobação, eu ofendi a querida raça canina.

Peço desculpa e vou em frente.

Mas vocês sabem o que Bastião entendeu de tudo aquilo que eu tentei dizer?

Pensou que eu estivesse com fome, foi lá dentro, num pulo, e me trouxe uma banana, tá?!

É claro que devolvi, enojado...

Eu tenho alergia é com burrice...

4 Bastião não era gênio

Sem intenção de ofender nossos irmãos os burros, mas apenas para usar uma palavra que os homens entendem melhor, já que a empregam sempre para significar ausência total de inteligência, o nosso pobre Bastião era pra lá de burro.

Burro e meio...

Burro ao quadrado...

Burrice infinita.

Ninguém segurava o Bastião.

Vejam bem...

Ele tinha visto a galinha, o galo, o peru e os gogós a comer os últimos grãos de um milho que ele não havia jogado.

Até estranhou, tanto que virou o focinho para vários lados, querendo descobrir a causa.

Adiantou notar?

Adiantou estranhar?

Nada!

Olhem que eu nem sequer pretendia que ele entendesse a minha mensagem.

Seria exigir demais...

Até homens reconhecidamente bons de cuca, até gente bem servida de gelatina craniana custa a entender a linguagem hermética dos macacos (em caso de dificuldade recorram ao dicionário, letra H...).

Como já disse, já não queria que ele entendesse ou conhecesse a minha linguagem.

Bastaria que entendesse os seus próprios colegas.

Mas não havia jeito.

Bastião ia na onda, direitinho, deixava-se enganar na maior moleza.

Não aprendia nem a pau...

Nem iria aprender, eu logo vi, quando menos de meia hora depois voltou Raimundo, trazendo a cara mais lavada deste mundo...

Tá vendo? Rimei outra vez!

É que eu não consigo esquecer o mal que o miserável me fez...

5 Segredo de Estado

Agora vejam vocês a minha situação.

Eu estava preso.

Era prisioneiro de Bastião, já devem ter percebido.

Já era a segunda vez que estava preso.

Morava no quintal, numa jaula que só podia ter sido feita pra onça, não para um simples macaco das nossas florestas.

Meu sonho era fugir.

Mais que sonho, dever...

Todo macaco tem obrigação de lutar pela sua liberdade, se é que ele pretende merecer o nome de macaco, se é que pretende não ser confundido com bichos e caras de espécie inferior.

Eu havia aprendido com a falecida Altamira (começo afinal a arrancar os punhais da saudade cravados no meu coração) que a liberdade era possível e merecia qualquer sacrifício.

Estava disposto, iria fazer.

Mas sempre que eu me punha a bolar os meus planos, lá me aparecia o Raimundo.

Aparecia e perturbava, é claro.

Em vez de pensar numa fuga, que era minha obrigação, eu tinha que evitar um sequestro inteiramente fora dos meus planos.

Sim, porque o Raimundo, sem dúvida alguma, não estava ali para roubar um vil galináceo ou um pretensioso peru, que para mim nunca passou de um galináceo metido a besta.

Não se tratava de roubo, era sequestro.

Eu me explico...

Tenho certeza de que Raimundo já havia notado a profunda influência que eu exercia no mundo misterioso dos macacos.

Como aquele vaga (evidentemente bundo) nunca trabalhava e andava sempre zanzando pela vizinhança, ele já devia ter percebido que eu recebia todos os dias, nas horas em que todo mundo saía para o trabalho, delegações da selva que me vinham prestar homenagem, pedir conselhos próprios da minha sabedoria e jurar fidelidade ao grande monarca exilado naquele vilarejo infestado de índios vestidos.

Confesso que não pretendia deixar transparecer esse fato.

Esse devia ser sempre o grande segredo da minha vida.

Eu queria passear entre os homens o meu desprezo olímpico pelas suas transas.

Preferia que eles imaginassem que eu era um simples macaco igual aos outros, apenas marcado por uma dose maior de inteligência, fenômeno que pode ocorrer em qualquer classe social ou agrupamento racial.

Eu não queria dar-lhes a satisfação de saber que tinham no seu meio um rei ilustre como este vosso criado.

Com a mania de tudo explorar, seriam capazes de cobrar entrada para o povo me ver.

Só quero que me prometam uma coisa: não dizer a ninguém.

Eu sou rei, mas não espalhem, tá?

6 Ameaça no ar

Conhecendo agora a verdade mais importante a meu respeito, vocês podem avaliar o meu sofrimento naquele capítulo fascinante das minhas memórias.

Como disse, eram diárias as delegações, já não direi mais de colegas, mas de vassalos muito queridos do meu coração.

Se Raimundo era leve na fuga, eles eram levíssimos no chegar.

Vinham com a rapidez de um relâmpago inesperado.

Inesperado e silencioso.

Quando eu dava acordo de mim, lá estavam eles, olhinhos acesos de simpatia, jurando que em questão de mais algumas luas aquela jaula seria violada e libertado o seu rei.

Um dia, percebi que Raimundo, escondido ali pertinho, espreitava os meus amigos.

(Prefiro dizer amigos e não vassalos, sou um rei muito bacana...)

Ao notar aquilo e ao adivinhar quais seriam as suas intenções, avisei aos meus fãs.

Falei na linguagem dos símios, que lembra muito os sinais do alfabeto Morse (ai que, se não me seguro, eu ia revelar um dos maiores segredos da selva!).

Seja como for, preveni os amigos.

Alguns, mais experientes, tomaram o relâmpago de volta. Sumiram no mato...

Outros, mais vividos, foram saindo na calma, com a maior dignidade, sempre de olho disfarçado no Raimundo, é claro.

É que eles tinham um nome a zelar.

E embora já conhecessem a maldade dos homens, não queriam dar a confiança de demonstrar qualquer receio diante de um simples Raimundo, simples, mas um dos piores do mundo, como se veria pouco depois.

Queriam deixar a impressão de que aquilo era simplesmente um fim de papo como qualquer outro.

7 A trama sinistra

Eles passaram a redobrar os cuidados, eu fiquei de coração muito mais cheio de pena.

Era preciso uma vigilância maior.

Por mais que se escondessem, esperando o momento justo de chegar, por menor ruído que a gente fizesse naquele papo cheio de sustos, não era raro ver o Raimundo que surgia, cheio de cuidados também.

O curioso é que Raimundo surgia e, contra todas as expectativas e contra o que teria feito qualquer outro, não procurava agarrar nenhum dos meninos.

Eu via, às vezes, que eles estavam ao alcance da mão.

Era só dar um bote...

Mas aquele cara que roubava frango (e uma vez eu o vi entrar na casa, na ausência de Bastião, e sair com uma garrafa não sei de quê), aquele cara de tão triste passado nada fazia contra os bons meninos.

– Vai ver que ele é amigo nosso – disse-me um deles certa vez. – Vai ver, até é parente... Vossa Majestade não viu que ele tem cara de macaco?

(De agora em diante, sempre que eu reproduzir alguma frase que os meus fãs da selva me dirigiam, vou suprimir o "Vossa Majestade" porque acho besteira. Esse negócio de Majestade já era, eu sou o primeiro a reconhecer...)

Mas aquilo era observação de macaquinho sem experiência da vida e, principalmente, dos índios vestidos.

Era desses que acreditam em banana, biscoito, resto de comida, "vem aqui, meu Chico..."

Mas eu tinha assistido ao assalto fracassado ao peru.

Vi o roubo do frango "ga".

Vi outros pequenos furtos.

Não dava pra entender aquela aparente indiferença.

Afinal de contas, os meus, vamos dizer, cupinchas pertenciam à aristocracia da selva amazônica, uma das mais cobiçadas no mundo (americano que o diga).

Foi então que eu farejei, no ar poluído pela sua presença, o plano sinistro do sequestro.

8 A patota se aproxima

Estava na cara.

Raimundo não tinha apenas os dois dedinhos de testa do Bastião.

Malandro vivo se mostrava.

Caboclo esperto, a gente via...

No começo ele queria apenas me roubar.

Depois me vendia ou curtia, sei lá.

Viu mais tarde a minha guarda de honra.

Sempre dez, quinze macacos das melhores famílias.

Pegar um e assustar o resto era bobagem.

Na vida de um homem sem imaginação um macaco só não faz verão.

O importante seria apanhar todo aquele macacal de uma vez.

Aí, sim, tinha macaco pra dar e vender.

Ficaria rico...

Mas pegar como?

Todos de uma vez, de que jeito?

Se bicho besta de quintal era difícil pegar, quanto mais a aristocracia da floresta!

Parece que eu via a evolução do pensamento do boneco...

– Eu pego o chefe, o bando vem atrás...

Ele via todos os dias crescer o número de fãs que me visitavam, consolando-me do cativeiro provisório.

Estava esperando, naturalmente, que o número crescesse.

Por isso eu aconselhei os meus fãs a que viessem em grupos pequenos.

Para evitar o perigo, recomendei que não fizessem algazarra maior, que não ficassem a pular barulhentamente de galho em galho (havia lá muitas árvores) na alegria de contemplar o seu rei.

E sempre atento, eu dava o alarme assim que farejava a aproximação do malandro.

Até que um dia eu vi que a coisa estava ficando bem mais séria.

Apareceram, na ponta dos pés, com ar de conspiradores, três ou quatro sujeitos, acompanhando Raimundo.

Nenhum deles podia imaginar que eu já estava tão bom no português.

Até um pouquinho de inglês eu já sabia!

Não falava, mas traduzia.

E Raimundo, no mais deslavado cinismo, começou a expor o seu plano, exatamente o que eu tinha previsto.

– Entenderam bem? – perguntou ele.

– OK – disse um deles.

– Posso contar com vocês?

– OK – afirmou Nonato.

(Nonato era uma variedade de Raimundo. Havia muitos em Altamira: Raimundo Nonato, Raimundo Batista, Raimundo Correia.)

Combinaram então dia e hora, na ausência do meu suposto proprietário, para um assalto em grande estilo.

9 Providências reais

Agora não havia dúvida.

O perigo era sério.

A hora fatal se aproximava.

Havia que agir.

Para Altamira, princesa macaca ainda na pureza virginal da selva, não fora fácil abrir-me a prisão.

Ela não conhecia os truques humanos, chaves, fechaduras, besteiragens.

Para mim, sem a chave, seria dificílimo fugir (por isso ainda estava na jaula).

Para os meus meninos, seria um problema quase insolúvel: Bastião escondia agora a chave dentro de casa.

Mas para Raimundo ia ser mole.

Eu vi quando ele falou com o amigo da variedade Nonato:

– A chave eu sei onde está. Não é preciso arrombar a gaiola. Eu pego o chefão (pelo menos isso ele reconhecia!), vocês garantem a macacada. Não é preciso assustar os bichinhos. Eles vão seguindo a gente...

A ideia criminosa tinha amadurecido, como se vê.

Agora se tratava de um plano conscientemente organizado.

Os terroristas pretendiam fazer chantagem com a minha pessoa.

Parece que tinham a intuição exata da minha, modéstia à parte, maravilhosa majestade.

Sabiam que, me prendendo, prendiam todos os meus fãs, pelo menos os mais dedicados e os de melhor gabarito moral.

Não ignoravam que, se preciso, todos eles se entregariam à prisão ou mesmo à morte, para salvar o seu líder.

Com isso, os conspiradores teriam macacos para dar e vender, para abastecer as casas especializadas do Rio e de São Paulo, os zoos de Londres, Paris, Nova Iorque , Lençóis Paulista, Viena, Botucatu, Tegucigalpa.

Diante daquele plano sinistro, inteligente como plano, mas estupidamente discutido na minha presença e logo em português, a primeira língua humana que aprendi, o meu íntimo problema se tornou infinitamente maior.

Agora eu não tinha que salvar apenas a minha pele. Tinha que salvar – vamos empregar a expressão exata – a dos meus vassalos também.

Ser rei não é sopa, como diriam, anos mais tarde, dois amiguinhos que eu tive, lá pelas bandas do Sul, numa ocasião em que brincavam de carnaval e o meu amiguinho amarrava um travesseiro na cintura para parecer um Rei Momo dos mais barrigudos...

– Ser rei não é sopa...

10 Macacos vendidos

Um dos maiores erros, na guerra e na vida, é fazer pouco do adversário, não acreditar no seu valor ou na sua inteligência.

Quem faz isso, quando menos espera, leva um catiripapo desses de jogar a gente nos confins do mundo.

Raimundo teve que aprender essa lição.

Não tinha acreditado na inteligência do prisioneiro real.

Nem sequer sabia que o detento era rei.

Julgando macaco bicho de raça inferior – apenas gozado... – pensando que macaco não entendia papo de homem, acabava de revelar, indiscretamente, todo o seu plano.

Ia, portanto, perder pelo menos a batalha inicial. Porque a primeira providência do rei nosso amigo foi ordenar a seus fãs que tomassem, até segundo chamado, um chá de sumiço.

Nada de entregar o corpo, de mão beijada, a um inimigo sem entranhas.

A patota do Raimundo, portanto, ia criar penicilina de tanto esperar naquela umidade (era um tempo de chuvas terríveis) pela juventude símia que tanto amava, com justa razão, o jovem rei.

Graças àquela manobra acabaria todo mundo brigando com o próprio Raimundo (a rima saiu desta vez, gozando o malvado...).

E foi o que aconteceu!

Me fingindo de bobo, eu estava de olho bem aberto.

Via Raimundo ir e vir, matreiro, sempre se escondendo, a ver se minha guarda de honra aparecia.

A cada passo via-se um dos conjurados perguntando:

– Como é? O negócio não sai?

– Tá caprichando – dizia Raimundo, meio sem jeito.

Eles não conseguiam entender o que estava acontecendo:

– Ué! A macacada não vem? Eu tenho uma porção de encomendas... Alguns até já deram sinal...

Está claro que certas coisas, naquele tempo, eu não manjava, na conversa dos homens.

Mas eu tinha e tenho uma memória verdadeiramente real.

Digo mais: imperial!

Fixava tudo.

Com o tempo, na companhia humana, eu compreendi uma infinidade de coisas que naquela ocasião eram apenas barulho de palavras em sotaque nordestino.

A patota já andava nos oferecendo em Altamira...

Havia lá – eu compreendi depois – uns gringos que compravam a preço de banana os tesouros da Amazônia pra revender com lucro no estrangeiro.

E brasileiro vendia!

Até hoje me lembro de uma frase que me perseguiu muito tempo, sem que eu conseguisse entendê-la:

– No zoo de Nova Ioque tem um pavilhão especial só pra macaco brasileiro!

Até que eu soubesse o que era "zoo" (campo de concentração de bichos), o que era "Nova Ioque" (campo de concentração de homens que se julgam livres), até que eu entendesse o que era "pavilhão especial" (cadeia maior) e "brasileiro" (bem que eu gosto de ser...), ventou e choveu muito tempo...

Quando, mais tarde, pude entender isso tudo, eu me espantei do tom de orgulho com que o careta contava:

– E quem vende sou eu!

Ele não se envergonhava de entregar os seus patrícios!

E aqui entre nós: dói saber que há tanto macaco vendendo e vendido nesse mundo velho sem porteira...

11 Pausa para meditação

Bem... Eu devo reconhecer que tenho um defeito: sou como Dom Pedro II, aliás meu colega.

Ele era o Imperador Filósofo.

Eu sou o Macaco Filósofo.

No caso, o Rei...

Gosto de me espalhar sobre os assuntos.

Em vez de narrar, muito simplesmente, apenas as minhas aventuras e desventuras, eu paro às vezes e moro na filosofia.

Isso é formidável, mas tem um perigo: só menino mais inteligente se amarra no meu papo.

Os outros, os menos dotados, nem sempre sabem dar valor a quem merece.

Mas não faz mal... Se eu posso contar com vocês, que são mais bacanas, o resto que se dane...

12 Mudança de rumo

Raimundo já andava francamente desesperado.

Tanta gente reclamava, era tão grande a impaciência da quadrilha, que ele já nem sabia o que dizer.

– Vocês devem ter assustado a macacada – tentava ele explicar. – Macaco é bicho muito ordinário, muito vivo, desconfiado como ele só... Não é qualquer macaco que mete mão em cumbuca... O remédio é a gente maneirar, ter paciência... Mas logo eles voltam. Na ocasião eu chamo vocês.

Aquilo me deu uma alegria muito grande.

Quase convoquei a turma toda pra ver se me abria a jaula, afinal.

– Pode vir, macacada!

Mas Raimundo, se tinha mandado os outros embora, de jeito nenhum se mandava...

Resolveu ficar na paquera.

O dono da ideia era ele, o responsável pelo plano, e o mais interessado também.

Teretetê, vinha dar uma olhada.

Taratatá, saía quicando...

Mas não dava uma folga.

No fim de alguns dias, eu sem contato com os meus fãs (sinto uma falta danada!), vi que Raimundo mudava de ideia. Felizmente ele pensava em voz alta, não era preciso adivinhar.

– É... o melhor é desistir – disse ele uma vez, me olhando num grande desânimo.

Quase desmaiei de alegria.

A sorte foi ter ficado no quase.

Porque ele continuava pensando lá dentro, mas as palavras saindo:

– Eu vou dizer ao pessoal que o negócio falhou. Assim ninguém me chateia. Depois eu pego este safado e dou no pé. Este vale mais que toda aquela macacada...

Ainda bem que ele reconhecia...

Valer, valia, não nego...

Mas, naquele momento, eu preferia ser o mico mais insignificante do planeta...

E eu precisei reunir todas as forças pra não morrer, no duro, quando o vi entrando na humilde choupana de Bastião à procura daquela chave que tão útil me teria sido em qualquer outra ocasião...

13 “E agora, Taubaté?”

Não era ainda o meu nome.

– E agora, José?

Também não era.

– E agora, meu rei?

Adiantava ser rei?

Naquele momento eu não passava de um mísero prisioneiro (vamos riscar o mísero, tá?) correndo os riscos supremos de sua carreira.

Eu deixava de sofrer um sequestro (que sempre é mais digno de um rei ou de um bilionário) para ser novamente roubado (lá vai rima) por um pé-rapado.

O vexame era duplo, triplo.

E a tragédia também.

O que me afligia, porém, não era a minha.

Na minha eu dava um jeito, cedo ou tarde, fugia de qualquer maneira, reconquistava a liberdade.

Ficava por minha conta, o problema era meu.

Triste era o caso do meu povo.

Estava, provisoriamente, sem rei.

Podia ficar, para sempre, sem rei.

– E agora, meu povo?

Quem tomaria o meu lugar?

Quem defenderia os meus fãs?

Quem divertiria as minhas princesas?

Quem comandaria o alegre carnaval das nossas matas?

Quem ensinaria minha nobre nação a se prevenir contra as armadilhas dos índios vestidos, agora que eu as conhecia tão bem?

Naquela angústia eu era todo um multissaltitar pela jaula.

Subia e descia, pulava e tremia...

Chamar o meu povo...

Mas como?

Estava longe!

Eu próprio afastara o meu estado-maior.

Pedir auxílio...

A quem?

Às galinhas, aos perus, às lagartixas, aos outros homens, aos Estados Unidos?

Nada feito!

Macaco velho não mete mão em cumbuca.

Daquele bandido, o Raimundo, só outro bandido, o Bastião, me podia salvar.

Poderia...

Mas era burro, não adiantava chamar, pedir ajuda.

Ele não iria entender novamente.

E de banana, eu já disse, o rei meu amigo estava cheio.

14 Sejamos breves!

É exatamente isso...

Raimundo veio, a chave na mão, pôs a chave na fechadura, deu a volta, abriu a porta.

Desmaiar não me ficava bem: rei não desmaia.

Fugir e saltar, por mais alguns minutos, de um canto para outro da jaula, seria um espetáculo digno, quando muito, de um frango de pescoço pelado, nunca de um soberano das nossas florestas.

Render-me?

Um século antes – eu soube por um amigo que eu tive, mais tarde – um colega meu, Napoleão, se rendeu.

Felizmente eu não conhecia naquele tempo o mau exemplo, nem sequer senti a tentação de passar por tão grande vexame.

Preferi ser autêntico.

Nem desmaio, nem rendição, nem humildade: dei-lhe o mais solene desprezo.

Ele me agarrou, eu não tomei conhecimento.

Foi como se ele estivesse agarrando a vovozinha lá dele.

Ele me encarou com alegria e fúria infinitas, eu olhei para o lado, com a maior indiferença.

– Te agarrei, safado! Eu não tinha dito?

Limitei-me a virar o rosto.

Vocês acham que um macaco da minha classe podia gastar o seu português com um vira-lata daqueles?

15 No peito inimigo

Vira-lata muito sem-vergonha, diga-se de passagem.

Ladrão e covarde.

Outro qualquer, para conquistar, pelo menos, o respeito de quem acabava de cair-lhe nas garras, não teria saído de jeito tão feio.

Sairia na calma, nem que fosse fingida, disposto a enfrentar quantos Bastiões houvesse no mundo.

Para mostrar que tinha classe, é ou não é?

Para mostrar que tinha fibra, que era macho, que merecia ser o proprietário (embora por tempo limitado) do monarca enxuto da nação macaca.

O infeliz, não.

Sem nenhuma classe...

Não tinha o menor pudor, só queria fugir, e deu no pé como pouca gente eu já vi dar...

Fugia com tal velocidade, na sua infinita covardia, que eu até me senti mal.

Quase pedi arrego, como diria, anos mais tarde, um malandro em cujas mãos fui parar. (Meu destino tem sido conhecer quase que o lado pior da humanidade.)

Mas eu dizia que cheguei a me sentir mal e é bem verdade.

É que eu dificilmente respirava (rei dos espaços livres tinha sido!), mergulhado naquele peito de sovaco perto, o tipo malcheiroso correndo, tropeçando e caindo.

Tropeçando, caindo, mas não me largando!

Eta cara danado pra dar valor a um bom macaco!

16 Um monstro passa

Num dos tombos do gajo eu me ajeitei melhor para olhar a paisagem.

Estava até começando a gostar.

Gente nova, caras novas, casas novas.

Pude conhecer melhor uma coisa que vira de passagem, tempos antes, rumo à casa de Bastião.

Era uma coisa danada pra correr.

Nós íamos na frente – eu e o carregador que me levava – quando ouvi o primeiro alarma que o bicho deu: tinha nos visto!

Deu um urro brutal, abalando a vizinhança.

Raimundo ouviu e pisou ainda mais, apavorado.

Tive a impressão de que era algum bicho da floresta, de alguma floresta, da minha talvez não, porque eu nem de nome o conhecia.

Sentindo que o medo aparente de Raimundo crescia e que o bicho vinha se aproximando lá de trás com dois olhões de fogo acesos (era de noite, eu não tinha contado), eu pensei lá comigo: "Deve ser alguma superonça, algum superjaguar, rei de alguma superfloresta desconhecida que vem salvar o colega..."

E pus a funcionar o meu telepensamento:

– Apresse o passo, nossa amizade!

O gigante pareceu entender, soltou dois urros furiosos.

Raimundo quase foi ao chão outra vez.

Eu continuei no telepensa:

– Vem depressa, que o bandido quer me vender...

Eu não sabia bem o que era vender, mas o superjaguar (ou a superonça) devia entender que eu corria perigo.

Dois urros novos reboaram bem perto.

Eu tinha dado um jeito de subir no ombro do fugitivo, para controlar a aproximação do gigante das matas.

– Avante, camarada! Vem me salvar, imperador dos olhos de fogo!

Parece que ele gostou da minha mensagem e veio chegando, chegando e bufando.

"Estou salvo!", pensei eu. "Vou recuperar o meu trono, tanto no coração do meu povo quanto no coração da floresta."

Os olhões de chama viva pareciam encher de medo o meu ladrão, que nem tinha coragem de olhar para trás.

– Avante, superjaguar! Mais um pouquinho, minha superonça! Muito obrigado, meu clarão da noite!

Nisso, eu sinto que o gigante desconhecido já trafega ao meu lado.

Imaginei que ele ia dar um bote no ladrão imundo de nome Raimundo.

– Cuidado! Não me coma junto! – ainda gritei.

Mas o monstro de olhos ardentes nem nos deu pelota.

Passou por nós, como se não existíssemos, continuou bufando, pela frente e por trás, explodindo e meio pulando no caminho ruim.

Na escuridão geral – era noite sem lua – o monstro de olhos de fogo iluminava, ele próprio, o seu caminho.

Na ocasião me pareceu que era cego.

Não somente porque não nos viu, mas também porque não viu dois índios humildemente vestidos, por cima dos quais passou, urrando e bufando, sem lhes dar, também, a menor bola.

17 Conhecimento do monstro

Eu já contei.

Estava certo de que era uma superfera, provavelmente um super--rei, animal fabuloso até então por mim desconhecido.

Não o identifiquei com o que havia entrevisto ao chegar a Altamira, mas ao qual não tinha dado a menor atenção, tão preocupado estava ao me ver prisioneiro.

Além do mais, este expelia fagulhas dos olhos em brasa, coisa que eu não vira no outro.

O bicho passou por mim e eu ainda continuei pensando em fera, monstro noturno e outras literaturas baratas.

Apenas estranhava suas manifestações corporais, seu jeito de ser.

As pernas não eram finas como nos macacos, altas e ágeis como nos veados, escarrapachadas como nos jacarés.

Eram redondas como vitórias-régias, mas sem flor nem beleza, e pareciam pesadas como um peixe-boi (os dois tipos alcançados por elas que o dissessem...).

O meu espanto maior foi ver que, pouco depois, o monstro parava.

"Tá esperando por nós!", pensei de novo, confesso que assustado.

Pensei em fazer uma aliança com o ladrão que me apanhara.

– Vamos fugir, rima ruim – quis dizer, sem me lembrar de que o analfabeto mal falava língua de homem e não tinha condições de me entender.

Mas não foi preciso.

O dragão da noite não virou os olhos para o nosso lado, não mostrou por nós o menor interesse.

Continuou parado, olhando em frente, apenas sacolejando o corpo.

E para surpresa minha, eu vi o que imaginava ser um monstro noturno abrir uma boca do lado (tinha de cada lado uma boca, eu vi depois), e por ela vomitou inteirinhos, saindo a caminhar despreocupados, como se nada lhes tivesse acontecido, dois índios vestidos.

Um deles – aí é que a surpresa foi grande! – ou eu muito me enganava, ou atendia por um nome há muito tempo familiar na minha vida:

– Bastião!

Não fui só eu que entendi mal.

Raimundo acabava de cair desmaiado.

18 A confusão se esclarece

O mal-entendido, da minha parte, era de fácil perdão: meu conhecimento da linguagem dos homens era muito recente.

Da parte do subproduto humano que me havia roubado, porém, não tinha desculpa: fruto do medo, simplesmente.

Do medo e do visível remorso.

Raimundo devia estar apavorado (eu esqueci de contar que Bastião tinha fama de bandoleiro, alguns o chamavam de Lampião de Mossoró...).

O coitado devia estar vendo Bastião por todos os lados, escondido à espera dele atrás das árvores, comendo chão na pressa de descer-lhe o braço.

Se fosse apanhado, o mínimo que receberia seria uma surra de criar bicheira.

Mas na verdade o susto que levamos foi de pura bobagem.

Tínhamos ouvido mal.

Ninguém falara em Bastião, embora houvesse Bastiões no mundo inteiro e vários ali mesmo.

Bastião, Maria, João, José e Benedito encontram-se, a dar com pau, em todo canto.

O homem que o monstro da noite tinha vomitado pela boca lateral e que tinha sido chamado por alguém era não Bastião, mas Gastão.

Por sinal que, pouco tempo depois, o conheci.

Um cara muito legal, ficou meu fã...

A mulher dele, uma cabrocha bonita (lembrava uma princesa macaca), foi outra fã que eu conquistei.

Enquanto permaneci naquele vilarejo, aliás nas vizinhanças de Altamira, bem pertinho, ela vinha me visitar todos os dias.

Já de longe vinha rindo...

Risonha me pegava na mão, carinhosa fazia gracinha no meu peito, me trazia bolacha, comida no prato...

Era tão boa que eu, só pra lhe ser agradável, fazia a maior festa quando ela me dava uma banana.

– Olha como ele descasca direitinho!

– Vê só que bicho mais inteligente!

(Essa besteira, ando cansado de ouvir. Povo besta... Como se fosse preciso ser um Rui Barbosa pra descascar uma banana...)

Mas a Ângela não dizia por mal, dizia de fã que tinha ficado.

A dona era tão boa, de uma simpatia tão grande, ria tanto das minhas micagens que eu me consolava, em parte, das tristezas temporárias do exílio.

Foi a minha fã número um naquelas bandas.

Só faltava me pedir autógrafo...

19 “E os dois atropelados, Taubaté?”

Já esperava a pergunta.

Vocês não acham que tenho o direito de pôr no choco a narração algumas vezes?

Tenho esperado tanto na vida, no meio de grandes sofrimentos, de prisão e de sustos, que eu penso que o resto do mundo, com ou sem Raimundo, tem que aprender a esperar do mesmo jeito.

É preciso haver um certo equilíbrio na vida, contrabalançar as coisas.

Não é justo alguém passar pelas aventuras e sobretudo pelo pior lado delas, as desventuras, e oferecer depois o prato feito à curiosidade dos que estão no bem-bom...

Matou, contou...

Morreu, contaram...

Assim é muita sopa, espera lá!

Nem tudo na vida vem de mão beijada. O que eu tenho engolido de banana, sem gostar, não está no gibi.

Mas vamos lá: os atropelados...

Eu próprio esperei muito pra saber que tinham sido... Que aquilo não passava de um caso vulgar de atropelamento, endemia reinante entre os índios vestidos.

Já comecei engrossando, vocês viram...

Falei em endemia só pra dar trabalho, pra levar algum fã menos culto a pesquisar no dicionário...

(Eu disse por brincadeira... Quem é que não conhece essa palavra tão simples, de três sílabas (ou quatro?) que rima com Maria, um nome que principia na palma de cada mão?)

Pois bem... Antes de saber que fora atropelamento eu precisava saber que espécie de coisa era o meu superjaguar... Vi que, longe de superfera, ele não passava de algo que não era nem bicho nem homem, algo pior que qualquer bicho do mato e só melhor que gente da cidade, que é ruim como cobra, sem desfazer das nossas irmãs do rastejo e do veneno.

Naquela hora, ainda na suposição de que ele fosse bicho ou super, eu apenas não entendia o que estava acontecendo.

Primeiro, julguei, modestamente, que o careta tinha vindo exclusivamente para me salvar.

Depois, pensei que, para me salvar, pretendia comer o Raimundo, com roupa e tudo.

Por fim, vi o bicho avançar contra dois índios vestidos, pensando que ele os estava comendo.

– Ué!

Não estava...

Nisso, vi que uma boca lateral se abria, dois tipos saindo.

Aí eu julguei ter entendido...

– Ele vomitou esses dois pra devorar melhor os dois outros, pra ter mais espaço...

(Eu conheci na mata uma onça-pintada que tinha essa tara...)

Mas quando avistei uma porção de outros índios vestidos chegando e carregando os dois índios ensanguentados (e os dois índios vomitados ajudavam também...) aí me danei todo....

Boiei por completo...

Foi quando me lembrei de Bastião e das transas que ele fazia na choupana e imaginei, meio confuso:

– Ah! Já sei! Eles vão cozinhar os dois caras pro superbicho comer. Ele não deve gostar de índio cru...

Como eu estava enganado!

Não era superbicho, coisa nenhuma!

Nem sequer tinha rabo!

Era um mero automóvel...

E isso que vocês estão pensando agora a meu respeito é uma grande injustiça, amigos!

Ignorância, propriamente, não!

Não se deve confundir ignorância com pureza.

Eu ainda não havia perdido a pureza das selvas, minha doce inocência de macaco bom...

20 Coração, atraso de vida...

Mais uma vez o coração ia atrapalhar minha carreira.

Se eu disser que estava totalmente livre, naquele momento, vão pensar que eu exagero.

Pois estava.

Só me faltava ganhar o mato, que eu não ganhei porque, na horinha em que ia sumir, vi Raimundo estendido no chão.

Aquilo era o mínimo que eu podia pedir ao Senhor da Floresta.

Era agradecer e chamar no pé...

Mas tive pena...

De repente me deu aquele acesso de burrice que pode atacar os maiores pensadores, aquela fraqueza que pode comprometer os maiores guerreiros.

– Será que o ladrão faleceu?

Falecer, como vocês já devem ter notado, é uma palavra *bem* que só pode ser usada em relação a animais, gente ou bicho, de uma certa categoria.

Galinha, por exemplo, não falece: morre.

Às vezes nem isso: espicha...

Ladrão nem sequer morre: veste o pijama de madeira.

Às vezes nem tanto: dá com o rabo na cerca.

Pois olhem: empregando aquela palavra mais bacana eu senti, não sei como, que precisava ter uma certa consideração com o "falecido", já pensou?

Achei que devia dar uma atenção especial ao possível trespasse (outro jeito muito legal de esticar a canela...) do mau-caráter que atendia pelo nome feio de Raimundo.

Resolvi, então, dar uma olhada (a confusão era geral), pus-lhe a mão no lugar onde ele devia ter o coração (se é que ladrão de macaco tem coração) e, assim fazendo, me assaltou uma dúvida.

Alguma coisa parecia palpitar, não sei se no meu coração ou no coração do patife.

Quis me certificar, mesmo porque o fato era de vital importância para as populações da floresta, que eu já não sabia bem onde ficava.

Baixei a cabeça sobre o corpo dele, colei o ouvido real no magro peito ao crime afeito (rima chegando, a emoção me tomando...).

Nada ouvi, a não ser dentro de mim.

Colei-me um pouco mais.

Vi que o coração dele (era o dele!) palpitava de leve.

"Eu vou é me mandar!", pensei.

Mas não deu tempo.

Raimundo devia estar sonhando comigo, porque deu um estremeção e, mesmo desacordado, me agarrou com mão forte.

Quis sair, já não deu jeito.

Soltei um grito, ao sentir que, por mais um pouco, o celerado me quebrava o braço.

Com o grito, Raimundo acordou.

Aí é que me agarrou de verdade.

Eu me pergunto: o que é que eu tinha de me meter na morte alheia?

Fui meter a mão em cumbuca, me dei mal.

Estava preso, desta vez por culpa minha.

De graça, de mão beijada, de burro!

E um clarão atroz me iluminou a cuca: uma desgraça dupla se consumava naquele momento.

Devido a uma simples imprudência, fraqueza do coração, um rei acabava de perder, para sempre, o seu povo.

E o que é mais triste: um pobre povo acabava de perder, para sempre também, o seu rei.

E que rei, amigos!

Que rei!

21 Errei, sim...

Errei, ponto-final, não se fala mais nisso.

O povo estava desorientado com os dois atropelamentos.

Aquilo que eu já sabia não ser bicho continuava parado, indiferente à confusão que era de todos.

Gente gritava, galinha fugia, criança chorava.

Principalmente uma delas: seu pai era um dos atropelados.

Com uma corrente em volta da barriga (que Raimundo imundo!), eu ia sendo arrastado e exibido pelo vilarejo, pessoal achando graça na minha pessoa, criança com medo, Gastão perguntando o meu preço.

Não sei se a confusão era em mim ou fora de mim, mas eu nunca havia aprendido tanto sobre os índios vestidos, aos quais ia ficar ligado para sempre.

Uma das coisas aprendidas, no meio de todas aquelas transas, foi esse negócio de preço.

Eu assistia espantado ao que os homens falavam a meu respeito na minha frente, sem nenhum pudor.

É verdade que perdia muito das palavras (vocabulário ainda pobre), só a memória é que funcionava cem por cento, guardando as palavras que mais tarde eu iria entender, mas, como já disse antes, o sentido do que diziam eu pegava no ar.

Sabia, portanto, que estavam fazendo sujeira comigo.

Eu sabia, por exemplo, que Gastão (aquele, o tal, o que nos tinha assustado) estava doido para me comprar, e que Raimundo (o barba de vaca, o focinho de porco) estava doido por me vender.

Mas, pelo visto, o bom Gastão era fraco de bolso.

Dentro da minha indiferença fingida eu via os dois discutindo, um a pedir um preço X, o outro a oferecer um pagamento menor, os dois não se entendendo, eu com raiva dos dois e com a corrente me esfolando a barriga.

Gastão juntara os seus níqueis, por força me queria levar.

Raimundo não cedia, embora de olhar assustado e remorso queimando, sempre temeroso de que o Lampião de Mossoró desse as caras.

Ele devia estar exigindo um preço muito alto, não quanto ao valor da peça mercadejada, mas pelo baixo poder aquisitivo de Gastão, cuja linda esposa, Ângela de tal, ficara amarrada no jovem monarca desterrado.

O pobre não ganhava nem sequer o salário-mínimo...

Mas vocês estão estranhando, com certeza, que eu fale tanta coisa complicada – personagem, mercadejar, baixo poder aquisitivo, salário-mínimo e tantas ideias que evidentemente não são do mundo dos macacos.

Eu sei que estão achando absurdo tudo isso na boca de um macaco.

Pode ser que seja, sei lá!

Muito mais absurdo, porém, era o preço que o lamentável Raimundo pedia por mim.

Na hora não reagi, porque não estava familiarizado com as palavras.

Quando, anos depois, no convívio dos filhotes de raça humana, já dominando a língua, eu reconstituí os fatos, quase perdi a cabeça, virei onça!

Nunca tive tanto ódio.

Não era um absurdo, era ridículo.

Pior ainda, amigos!

Pedir apenas dez salários-mínimos pelo último faraó da floresta não chegava a ser absurdo nem ridículo: era um desaforo!

(O mais doloroso ainda é que, como faz muito tempo e eu era novo na língua, eu não tenho certeza se ele disse dez ou dois...)

22 Um romance de amor

Eu sempre tive nojo de negócio.

O comércio me irrita.

Vocês hão de compreender, portanto, que eu não queira continuar o relatório sobre as negociações em que a mercadoria era Sua Majestade, aquele Rei que todos vocês já conhecem.

Creio mesmo que o meu ódio ao comércio começou naquela ocasião e por aquela razão, de modo que vou passar por alto os dias de ir e vir amarrado na corrente, vendo o terror do Lampião de Mossoró nos olhos de Raimundo e assistindo ao *quem dá mais* do covarde.

O melhor é vocês me encontrarem já na casa de Manuel Bandeira, não o poeta que alguns de vocês talvez conheçam de nome, mas o homem mais importante do lugar, pois sabia ler e assinava um jornal do Rio de Janeiro que nunca chegava. (Eu tinha que aturar as queixas dia e noite.)

Estou, portanto, em casa dele.

Já passou muito tempo depois da minha *negociação*.

A lua engordou e emagreceu várias vezes.

A casa de Manuel Bandeira é um céu aberto.

Bandeira tem bom coração.

E tem uma grande vizinha, Ângela, mulher de Gastão, que quase morreu de tristeza ao compreender que o marido, que não ganhava nem o salário-mínimo, jamais poderia reunir os dez salários (ou dois, não sei dizer) exigidos pelo privilégio da minha real companhia.

Ela era muito legal e ficou muito feliz quando inesperadamente me viu chegar à casa do poeta.

(Eu digo poeta porque um sujeito que sabe admirar um macaco de sentimentos delicados e respeitar o seu cativeiro tem que ser diferente do comum dos índios vestidos.)

Foi naquela casa e naquela vizinhança que eu tive a satisfação de acompanhar a evolução de dois romances.

Um, o de um amor infeliz...

Manuel Bandeira, excitado pela visita diária que Ângela, tão linda, todos os dias fazia, imaginou que tudo aquilo só podia ser pretexto.

A visita, pensava, era feita a ele e não a... (quase deixei escapar o meu nome da floresta, que é segredo político...)

Julgando-se amado, quando Ângela aparecia ele se enfeitava todo, passava o pente no cabelo, botava cheiro no sovaco e vinha, muito fingido, bater papo.

– Nunca vi um macaco mais inteligente! É o mais inteligente do mundo!

(Essa impressão que eu poderia deixar, entre vocês, de ser um macaco muito convencido, talvez venha da admiração que todos, homens e mulheres, pelo menos os mais inteligentes, mostram espontaneamente por mim. No fundo, eu sou de uma modéstia que até me comove.)

Mas vamos adiante.

Eu acompanhava o romance de Manuel Bandeira.

Que eu não sei se era realmente poeta, mas ninguém o igualava em sentimento.

Sempre que podia, soltava uma paquerada.

Minha amiga fingia não entender.

Quando ele começava:

– Olha que coisa mais linda...

Ela cortava, rápido, a frase que não era dele, mas de outro poeta, o Vinicius:

– É mesmo, seu Bandeira: é o macaco mais bonito que eu já vi!

E antes que ele soltasse outro cheirinho:

– Meu marido tá ajuntando todo o dinheiro que pode. A gente até passa fome... Será que o senhor vende pra nós o Imperador? (Era o meu nome no lugar.)

Seu Bandeira ficava triste, o olhar no chão (e um pouco nas pernocas dela...).

Suspirava, pegava uma rosa, oferecia.

Ela, muito delicada, agradecia:

– Obrigada, seu Bandeira. Vamos ver se o Imperador gosta de rosa?

Minha vontade seria jogar a rosa na cara do Manuel Bandeira, mas não queria fazer uma desfeita àquela moça.

Pegava a rosa e beijava.

Aconteceu duas vezes.

Depois, vendo que as flores acabavam no meu beijo moleque, não no beijo dela, Bandeira nunca mais ofereceu, ficava apenas no suspiro, cada vez mais infeliz.

Um dia, ele deu um golpe sujo: me mudou do quintal para dentro de casa!

Quando a maior fã que eu tive entre as mulheres do gênero humano apareceu pra me visitar (não havia quintal separando as casas), ela teve um choque, falou assustada:

– Ué, seu Bandeira! O Imperador fugiu?

Ele veio todo risonho lá de dentro, cheio de sabonete no sovaco, cabelo de pente passado:

– Fugiu não, dona Ângela! Tá melhor agasalhado... Começou a chover, eu recolhi... Muito frio...

– Inda bem, seu Bandeira. Eu levei um susto... Até logo...

– Não quer ver o bichinho? Ele tá com jeito de saudade da senhora, toda hora esticando o pescoço pro quintal...

Minha amiga hesitou um pouco, mas não resistiu à tentação.

Entrou na boa-fé.

Mal entrou, porém, Manuel Bandeira agarrou a moça, chamou-a no peito, deu-lhe um beijo desses de cinema que eu cansei de ver na televisão, na casa dos meus amigos, tempos depois.

A dona levou um susto, que eu vou te contar!

De repente, deu um jeito no corpo, se afastou e deu-lhe um bofetão que eu não queria ter visto nem na cara do Raimundo.

Terminava mal, assim, o primeiro romance humano que eu acompanhava de perto (assisti a muitos outros depois, alguns eu nem posso contar...).

Bandeira, que era um bom homem, quase morreu de paixão, mas o outro romance teve um desfecho melhor.

Tenho narrado tanta desgraça passada comigo que eu me sinto na obrigação de apresentar um capítulo feliz, uma aventura maravilhosa, a primeira que eu vivia no meu novo exílio entre os índios vestidos.

Vamos ao outro capítulo, meus amigos!

23 O segundo romance

Bom... o segundo foi comigo.

Creio que foi amor à primeira vista, como dizem os homens.

Mas custei a notar.

Pensava que era simples simpatia, no começo.

Julguei depois que seria amizade.

Estava pensando, mesmo, que era apenas a admiração, talvez pela beleza (que impressiona algumas), pela enxutidão (que impressiona muitíssimas), pela elasticidade física e mental (que tem deslumbrado até artistas de circo e intelectuais de reconhecido valor) ou pela inegável inteligência (a acreditar no que ouço diariamente dos que se aproximam de mim).

A assiduidade, porém, da sua presença, os agradinhos que me trazia sempre, o revirar dos olhos, o levar as mãos ao peito numa posição de encantamento e os suspiros (que não tinha notado no princípio, e que se foram intensificando a ponto de parecerem soluços de choro convulso), tudo isso acabou me convencendo de que era, realmente, um caso de amor dos mais agudos.

Na realidade eu devia ter notado desde o começo, porque os sintomas eram evidentes demais, mas a minha modéstia não me deixava acreditar...

Eu tenho horror ao tipo donjuanesco, o falso machão, o pretenso gostosão das dondocas...

O fato é que o amor ainda não tinha nascido, não tinha pegado fogo do meu lado.

Se tivesse, eu não sou macaco de sufocar uma paixão, me entrego logo.

Ela poderia ser tímida (e realmente era demais...) mas eu, graças ao Senhor das Florestas, em matéria de amor só tenho um defeito: eu me rompo todo!

Mas como o amor, em mim, ainda não tinha nascido e por isso eu não me rompia todo, aquela doçura de dama se limitava aos agradinhos de aparência inofensiva e aos suspiros que eu, na minha modéstia, não julgava de amor.

Quando percebi, porém, que era amor da parte dela (e eu sou terreno fácil para o amor, tenho um coração que é um rastilho de pólvora), peguei fogo de repente.

Aí virou amor pelos dois lados.

– Você me correspondia, meu bem, sem que eu tivesse notado? – perguntou ela, no deslumbramento de quem descobre uma nova floresta.

Eu fui honesto:

– Não. Comecei agora. Mas pode ficar descansada, que eu vou descontar o tempo perdido! Eu vou tocar fogo no mundo, não respeito jaula, não dou confiança a preconceito. Te chega, meu anjo!

24 A vizinha querida

Era linda e leve, a macaca mais gentil que eu conhecia desde que fora roubado à floresta, quando imaginava que, apesar do meu temperamento amoroso, jamais conseguiria dar a outra macaca o ardente coração que um dia pertencera a Altamira, que morreu por mim.

Morava ao lado, entre a casa de Manuel Bandeira, meu pretenso dono, que me fazia sofrer, e a de Ângela, que o fazia penar.

Tinha um privilégio raro entre os símios que vivem no mundo dos homens: liberdade de ação.

Não morava em jaula.

Não vivia em correntes.

Passeava pela casa, vinha do quintal quando bem lhe parecia, ia brincar à rua muitas vezes.

Voltava depois, docilmente.

Aquilo, quando o notei, causou-me espanto.

Eu não podia entender um filho da mata, principalmente o de espírito mais livre, o macaco (ou macaca), que, podendo fugir, não fugisse, podendo voltar à floresta, não voltasse.

Para mim, valia por uma verdadeira traição aos macacos.

Agora eu compreendia.

Ela traía a sua raça, traía a nação dos macacos por amor a um deles, o maior, o macaco eleito do seu coração.

Só agora eu reconstituía certos detalhes marcantes do nosso primeiro encontro.

Só agora entendia aquela frase:

– Que sorte eu ter visto você... Eu já ia fugindo...

Desde então passou a voltar.

Vinha sempre.

Pela manhã, à tarde, já de noite.

Sempre inventando pretexto.

Sempre puxando assunto, pedindo opinião.

– Você, que já foi rei... – me disse uma vez.

– Ué! Quem te contou?

– Coração de macaca não se engana, meu filho. Te olhei, te vi no trono da mata.

Preferi desmentir.

Não queria desmoralizar o nome ilustre da minha família.

– Deixa disso. É só o jeito...

– Então fica de rei no meu coração – disse ela em tom de brincadeira.

Eu pensava que era brincadeira mesmo, não sabia que já estava reinando.

– Olá, meu rei!

– Olá, rainha!

Ela falava fingindo brincar, eu de brincadeira falava.

Até hoje não sei como é que um macaco da minha inteligência não tinha percebido que ela estava doidinha por mim e que só não havia fugido, quando a libertaram das correntes, porque ficara amarrada novamente, não àquele pé-rapado em cuja casa morava, mas ao macaco real da casa de Manuel Bandeira...

Com uma ingenuidade que nunca foi do meu feitio eu via todos os dias a bichinha surgir.

Olhinho virado...

Mãozinha no peito...

Ar de gente pensando na lua...

Olhando as nuvens, quando passavam no céu...

Ouvindo encantada passarinho cantar...

– O sol não mexe contigo? – me perguntava muitas vezes.

E eu fazendo um papel de palhaço...

Felizmente um dia a coisa rebentou (e foi preciso que ela tomasse coragem!).

Aí meu sangue subiu:

– Te chega, meu anjo!

25 Milagres do amor

Cheia de dengues, ela veio chegando.

Vinha...

De repente, largou todos os dengues, se descontrolou, foi aquela explosão!

Mal vi o salto que ela deu...

Parecia o desembestar de um relâmpago no céu.

E lá veio ela cair em meus braços, murmurando apaixonada, antes de amolecer em meu peito:

– *Mon amour!*

Mon amour é francês, vocês sabem.

E sabem, naturalmente, que significa *meu amor*, quem é que não sabe?

Pois eu confesso que não sabia, naquela ocasião...

Muito menos ela...

Que nem sequer sabia português, recém-chegada da selva.

Que nunca tinha estado na França.

Que não tinha a menor prática dos muitos jeitos humanos de falar.

Um autêntico mistério...

Mas vamos reconhecer uma coisa: era preciso gostar demais de um macaco pra soltar, contra toda a lógica, um *mon amour* como aquele!

26 Fim de papo

E vocês não vão levar a mal (talvez até gostem muito...), mas eu vou ficando por aqui.

Já que a lembrança voltou, vou me amarrar nessa lembrança.

Afinal, essa macaca maravilhosa, de uma sensibilidade como raramente vi entre as mulheres dos homens, macaca digna de um rei não no exílio, mas no trono, foi um dos episódios mais gloriosos da minha carreira.

Por hoje, o pano cai.

Curtição, amigos!

É possível que algum dia eu resolva contar (é contra o meu temperamento, sou de pouco falar a meu respeito...) as aventuras e desventuras que vivi ao seu lado.

Sorte será de vocês, se eu resolver...

Glossário de palavras e expressões

Alfabeto Morse [p. 20 – Falei na linguagem dos símios, que lembra muito os sinais do **a**. Morse]: o mesmo que Código Morse, sistema de codificação de letras, números e sinais de pontuação para a transmissão de mensagens telegráficas, criado pelo norte-americano Samuel Morse (1791-1872), inventor do telégrafo.

Bolar [p. 18 – sempre que eu me punha a **b.** os meus planos, lá me aparecia o Raimundo]: idealizar (algo); criar, inventar.

Cerebrículo [p. 14 – bateu uma luz no **c.** do bicho]: cérebro minúsculo (um modo de dizer que o bicho é pouco inteligente).

Choco (pôr no) [p. 43 – Vocês não acham que tenho o direito de pôr no **c.** a narração algumas vezes?]: retardar, adiar a execução (de algo).

Cupincha [p. 23 – os meus, vamos dizer, **c.** pertenciam à aristocracia da selva amazônica]: companheiro; amigo, camarada.

Endemia [p. 43 – um caso vulgar de atropelamento, **e.** reinante entre os índios vestidos]: doença infecciosa que ocorre com intensidade em determinada localidade (região, cidade, estado etc.).

Escarrapachado [p. 39 – altas e ágeis como nos veados, **e.** como nos jacarés]: de pernas abertas; muito à vontade.

Esganação [p. 11 – E comem na hora, na maior **e.**]: fome excessiva; apetite exagerado, ao comer.

Flanar [p. 13 – **F.** de dia, flanava de noite]: passear; andar à toa.

Hermético [p. 16 – até gente bem servida de gelatina craniana custa a entender a linguagem **h.** dos macacos]: complicado; difícil de interpretar ou de entender.

Morar [p. 30 – eu paro às vezes e **m.** na filosofia]: compreender; entender (algo).

Patota [p. 29 – A **p.** já andava nos oferecendo em Altamira...]: grupo de pessoas.

Pé (chamar no) [p. 46 – Era agradecer e chamar no **p.**]: o mesmo que "dar no pé": correr; fugir.

Pelota (não dar) [p. 38 – o monstro de olhos ardentes nem nos deu **p.**]: o mesmo que "não dar bola".

Penicilina (criar) [p. 28 – A patota do Raimundo, portanto, ia criar **p.** de tanto esperar]: esperar muito tempo; esperar até criar mofo (a penicilina é um antibiótico natural, produzido a partir do mofo derivado de fungo *Penicillium Chrysogenum*).

Sopa [p. 27 – Ser rei não é **s.**]: algo fácil de fazer, de resolver.

Trabucar [p. 13 – Bastião andava longe, **t.** na enxada]: trabalhar duro; labutar.

Vassalo [p. 20 – já não direi mais de colegas, mas de **v.** muito queridos]: súdito; pessoa subordinada (a um soberano ou a alguém).

Nota biográfica

Ilustração: Spacca

Orígenes Lessa (1903-1986) foi um trabalhador incansável. Publicou, nos seus 83 anos de vida, cerca de setenta livros, entre romances, contos, ensaios, infantojuvenis e outros gêneros. Como seu primeiro livro saiu quando ele contava a idade de 26 anos, significa que escreveu ininterruptamente por 57 anos e publicou, em média, mais de um livro por ano. Esse labor intenso se explica, em grande parte, por sua formação familiar, recebida na infância e juventude.

Nasceu em Lençóis Paulista, filho de Henriqueta Pinheiro e de Vicente Themudo Lessa. O pai, pastor da Igreja Presbiteriana Independente, foi um intelectual, autor de um livro sobre a colonização holandesa no Brasil, uma biografia de Lutero e outras obras historiográficas. Alfabetizou o filho e o iniciou em história, geografia e aritmética aos 5 anos de idade, já em São Luís (MA), para onde a família se mudou em 1907.

Além das funções clericais, o pai foi professor de grego no Liceu Maranhense. O pequeno Orígenes, que o assistia na correção das provas, escreveu em 1911 o seu primeiro texto, *A bola*, de cinquenta palavras, em caracteres gregos. A família voltou para São Paulo, capital, em 1912, sem a mãe, que falecera em 1910. A morte da mãe marcou profundamente sua infância e será lembrada numa das passagens mais comoventes de *Rua do Sol*, romance-memória em que conta o período da vida da família em São Luís.

Sua formação em escola regular se deu de 1912 a 1914, como interno do Colégio Evangélico, e de 1914 a 1917, como aluno do Ginásio do Estado, quando estreou em jornais escolares (*O Estudante*, *A Lança* e *O Beija-Flor*) e interrompeu os estudos por motivo de saúde. Estudou, ainda, no Seminário Teológico da Igreja Presbiteriana Independente, em São Paulo, entre 1923 e 1924, abandonando o curso ao fim de uma crise religiosa.

Rompido com a família, se mudou ainda em 1924 para o Rio de Janeiro, onde passou dificuldades, dormiu na rua por algum tempo, tentou sobreviver como pôde. Matriculou-se, em 1926, num Curso de Educação Física da Associação Cristã de Moços (ACM), tornando-se depois instrutor do curso. Deixou a ACM em 1928, não antes de iniciar o curso de teatro na Escola Dramática, experiência que influiu grandemente na sua maneira de escrever valorizando as possibilidades do diálogo, tornando a narrativa extremamente cênica, de fácil adaptação para o teatro, a radionovela, o cinema.

Voltou para São Paulo ainda em 1928, empregando-se como tradutor de inglês na Seção de Propaganda da General Motors. Publicou, no ano seguinte, seu primeiro livro, *O escritor proibido*, em que reuniu os contos escritos no Rio. O livro, recebido com louvor por críticos exigentes, como João Ribeiro, Sud Mennucci e Medeiros e Albuquerque, lhe abriu o caminho de quase seis decênios de labor incessante na literatura, no jornalismo, na publicidade, no teatro.

Transferiu-se, em 1942, para Nova Iorque, indo trabalhar na Divisão de Rádio do Coordinator of Inter-American Affairs. De volta, em 1943, fixou residência no Rio de Janeiro, ingressando na J. Walter Thompson como redator. No ano seguinte foi eleito para o Conselho da Associação Brasileira de Imprensa (ABI), onde permaneceu por mais de dez anos. Publicou *OK, América*, reunião de entrevistas com personalidades, feitas como correspondente do Coordinator of Inter-American Affairs, entre as quais uma com Charles Chaplin. Seu romance *O feijão e o sonho* e o conto *Balbino, homem do mar* foram adaptados, respectivamente, para a teledramaturgia e o cinema, enquanto continuava publicando contos, romances, séries de reportagens e produzindo peças para o Grande Teatro Tupi.

Em 1968 publicou *A noite sem homem* e *Nove mulheres*, livros que marcaram uma inflexão em sua carreira. Depois deles, passou a se dedicar mais à literatura infantojuvenil, publicando seus mais celebrados títulos no gênero, como *Memórias de um cabo de vassoura*, *Confissões de um vira-lata*, *A escada de nuvens*, *Os homens de cavanhaque de fogo*, *A pedra no sapato do herói* e dezenas de outros, chegando a cerca de quarenta obras, incluindo *Dom Quixote*, *Memórias de Pickwick*, *Aventuras do Barão de Münchhausen* e *A cabeça de Medusa*, entre vários títulos de clássicos universais e de histórias inesquecíveis, traduzidos e adaptados para crianças e jovens.

Tendo renunciado à carreira de pastor para abraçar a literatura, quase com um sentido de missão, foi eleito em 1981 para a Academia Brasileira de Letras. Dele o colega Lêdo Ivo disse que "era uma figura que irradiava bondade e dava a impressão de guardar a infância nos olhos claros", observação que, sem dúvida, tem tudo a ver com o seu talento especial em escrever para jovens e crianças.

E.M.

Outros livros de Orígenes Lessa publicados pela Global Editora

A Arca de Noé

A Torre de Babel

As muralhas de Jericó

O gigante Golias e o pequeno Davi

A cabeça de Medusa e outras lendas gregas

A pedra no sapato do herói

Arca de Noé e outras histórias

Aventuras do barão de Münchhausen

Confissões de um vira-lata

É conversando que as coisas se entendem

João Simões continua

O edifício fantasma

Memórias de um Fusca

Memórias de um cabo de vassoura

O menino e a sombra

O feijão e o sonho

O Rei, o Profeta
e o Canário

Os homens de
cavanhaque de fogo

O sonho de
Prequeté

Procura-se um rei

Sequestro em
Parada de Lucas

O 13º trabalho
de Hércules

Um rosto
perdido

Prelo

* Daniel
* Eis o cordeiro de Deus
* Jonas

Impresso por :

Graphium
gráfica e editora

Tel.:11 2769-9056